Du CM2
à la 6e

Les Légendaires

Petites énigmes extraordinaires

Activités conçues par
François Lecellier

W0359265

LAROUSSE

Direction de la publication : Carine Girac-Marinier

Direction éditoriale : Julie Pelpel-Moulian

Édition : Célia Reynaud

Direction artistique : Uli Meindl

Mise en pages : Astrid Payet

Fabrication : Ombeline Canaud

L'Éditeur remercie Victorine Bernot pour son aide précieuse.

© Éditions Delcourt, 2004-2020
© Éditions Larousse 2021

Illustrations : ***Les Légendaires,*** volumes 1 à 23, de **Patrick Sobral**
© Shutterstock.com

Toute reproduction ou représentation intégrale ou partielle, par quelque procédéque ce soit, de la nomenclature et/ou du texte et des illustrations contenus dans le présent ouvrage, et qui sont la propriété de l'Éditeur, est strictement interdite.

ISBN : 978-2-03-600375-0
Achevé d'imprimer en Espagne par Egedsa
Dépôt légal : février 2021 - 327641/01
N° de projet : 11046082 - avril 2021

PAPIER À BASE DE FIBRES CERTIFIÉES

LAROUSSE s'engage pour l'environnement en réduisant l'empreinte carbone de ses livres. Celle de cet exemplaire est de : 700 g éq. CO_2
Rendez-vous sur www.larousse-durable.fr

LES LÉGENDAIRES

INTRÉPIDES, ILS ÉTAIENT LES CINQ JUSTICIERS
LÉGENDAIRES, PROTECTEURS DU MONDE D'ALYSIA.
RIEN NE POUVAIT LES ARRÊTER ! SANS RELÂCHE,
ILS COMBATTAIENT LE SORCIER NOIR DARKHELL
ET CONTRECARRAIENT SES PLANS
VISANT À S'EMPARER DU MONDE.

MALHEUREUSEMENT, PENDANT LEUR DERNIER
AFFRONTEMENT CONTRE LE SORCIER,
LES LÉGENDAIRES ONT FAIT UNE ERREUR, ET LA PIERRE
DE JOVÉNIA A ÉTÉ BRISÉE ! TOUS LES HABITANTS
DU MONDE D'ALYSIA SONT REDEVENUS DES ENFANTS.

DEVENUS DES PARIAS, LES LÉGENDAIRES SE SONT
SÉPARÉS. MAIS DANAËL, LEUR CHEF, A ENTENDU
PARLER D'UN MOYEN DE RAMENER L'ÉQUILIBRE...
LES LÉGENDAIRES VONT DEVOIR REFORMER
LEUR ÉQUIPE POUR SE FAIRE PARDONNER.
PAS FACILE QUAND ON NE MESURE QU'1 M 30 !

MAIS DANAËL, JADINA, RAZZIA, SHIMY ET GRYF
ONT PLUS D'UN TOUR DANS LEUR SAC !

CAR, APRÈS TOUT, HÉROS UN JOUR...

Sommaire

Sommaire par compétence

MATHS

FRANÇAIS

Les Légendaires

Danaël

DANAËL EST LE LEADER DES LÉGENDAIRES. D'UNE GRANDE NOBLESSE D'ESPRIT, CE CHEVALIER DU ROYAUME S'EST FIXÉ POUR BUT DE COMBATTRE L'INJUSTICE PARTOUT DANS LE MONDE D'ALYSIA.

Gryf

GRYF EST LE MEILLEUR AMI DE DANAËL ET LE PLUS COURAGEUX DES LÉGENDAIRES. MAIS SON COURAGE S'ACCOMPAGNE D'UN CARACTÈRE IMPULSIF QUI LUI ATTIRE SOUVENT DES ENNUIS.

Jadina

JADINA EST PRINCESSE ET MAGICIENNE. ELLE EST UNE ENFANT GÂTÉE PARFOIS INSUPPORTABLE, MAIS D'UNE GRANDE INTELLIGENCE ET D'UN GRAND COEUR.

Razzia

RAZZIA EST LE PLUS FORT DES LÉGENDAIRES. SA JOVIALITÉ LUI PERMET DE SURMONTER SES COMPLEXES ET IL RÉPOND TOUJOURS PRÉSENT LORSQUE SES AMIS ONT BESOIN DE LUI.

Shimy

SHIMY EST UNE ELFE ÉLÉMENTAIRE, ELLE PEUT FUSIONNER AVEC LE FEU, L'EAU ET LA TERRE, D'OÙ ELLE TIRE SES POUVOIRS. ELLE MONTRE TRÈS PEU SES SENTIMENTS.

ÉNIGME 1

Danaël à la recherche de son girawa

Au royaume de Larbos, le jeune Danaël, armé de son épée dorée, est à la recherche de ses amis, partis avant lui. Il chemine paisiblement sur le dos de son girawa lorsque tout à coup, au détour du chemin, un bandit surgit d'un buisson pour le dévaliser. Après quelques efforts, Danaël parvient à mettre son adversaire hors d'état de nuire, mais alors qu'il s'apprête à reprendre la route, son girawa est introuvable...

APEURÉ PAR LES BRUITS DU COMBAT, L'ANIMAL S'EST ENFUI. LE JEUNE GARÇON DÉCIDE DE SE METTRE À SA RECHERCHE.

Le bon chemin

ÉNIGME 1

Danaël se trouve dans une vaste clairière.
Plusieurs chemins s'enfoncent dans la forêt. Quelle direction a bien pu prendre son girawa ?

Fais les calculs suivants. Le bon chemin est celui qui comporte le plus grand résultat.

C'est le chemin : ___________.

Les traces du girawa

ÉNIGME 1

Danaël s'engage sur le bon chemin et scrute les alentours en appelant son girawa. Il doit absolument le retrouver s'il veut avoir une chance de rattraper ses amis !

Aide Danaël à trouver les traces du girawa en coloriant les intrus dans ces quatre listes de mots.

COMMANDE	COMMANDER	COMMENCER
COMMANDEUR	COMMANDANT	COMMANDITER

LITTÉRATURE	LIRE	LITERIE
LITTÉRAIRE	LECTURE	LETTRÉ

TERRIER	ATTÉRIR	DÉTERRER
SOUTERRAIN	TERRIBLE	TERRESTRE

NOIRCIR	NOIRÂTRE	NOIRCEUR
NARRATEUR	NOIR	NOIRCISSEMENT

Le passage risqué

ÉNIGME 1

Alors qu'il suit la piste de son girawa, Danaël arrive devant un torrent de montagne. Pour le traverser sans être emporté par le courant, il doit trouver un passage à gué.

Aide Danaël à trouver le passage en encadrant les nombres selon les consignes.

ENCADRE AU MILLIER PRÈS.

.... < 154 789 < ....

ENCADRE À LA DIZAINE DE MILLIERS PRÈS.

.... < 547 845 < ....

ENCADRE À LA CENTAINE PRÈS.

.... < 987 754 < ....

Le plus petit nombre à encadrer est : _ _ _ _ _ _ _ _ _ _ _.

Le croisement

ÉNIGME 1

Une fois le torrent traversé, Danaël arrive devant un croisement. Il doit trouver le chemin que l'animal a emprunté, mais aucune trace n'est visible sur le sol de pierre.

Pour aider Danaël à trouver quelle direction prendre, décompose les nombres suivants comme dans l'exemple.

10 245 542 =
10 000 000 + 200 000 + 40 000 + 5 000 + 500 + 40 + 2

21 020 400 =
....
....

454 589 =
....
....

8 120 872 =
....
....

100 250 000 =
....
....

Le nombre qui sert d'exemple se décompose en sept étapes. Quel est le nombre qui se décompose en seulement trois étapes ? __________________

La carte incomplète

ÉNIGME 1

Danaël finit par se rendre à l'évidence, il ne parvient pas à retrouver son girawa… l'animal a eu tellement peur qu'il s'est enfui plus rapidement qu'à son habitude ! Danaël sort sa carte et essaie de se repérer au mieux.

Aide Danaël à se repérer en dessinant les repères suivants sur la carte : au nord-est une montagne, au sud-est un arbre et à l'ouest un lac.

Faisons le point

ÉNIGME 1

Danaël a pu se repérer grâce à la carte. Il décide donc de se remémorer le trajet qu'il a parcouru jusqu'à présent, afin de faire le point sur l'avancée de ses recherches.

Dans chaque phrase, sépare les différents groupes grammaticaux et indique leur fonction : sujet (S) – verbe (V) – complément circonstanciel (CC) – complément d'objet (COD).

APRÈS LE COMBAT, | LE GIRAWA | S'EST ENFUI.

CC DE TEMPS | S | V

IL A ENTENDU LES BRUITS DU COMBAT.

....

L'ANIMAL EST PARTI VERS LE TORRENT.

....

JE RETROUVERAI LE GIRAWA.

....

La route est longue…

ÉNIGME 1

Danaël finit par s'engager dans le chemin étroit. Il marche pendant des heures, mais son girawa demeure introuvable. Il commence à se faire une raison et réfléchit au temps qu'il mettra pour rejoindre ses amis en faisant la route à pied…

Sachant qu'une heure équivaut à soixante minutes, convertis chaque durée en heures et minutes.

67 MINUTES =
1 H 07

258 MINUTES =
………………………………………………

563 MINUTES =
………………………………………………

495 MINUTES =
………………………………………………

124 MINUTES =
………………………………………………

ÉNIGME 1

Trop de traces !

Au bout du chemin, Danël a trouvé des empreintes laissées par le girawa. Il n'a plus qu'à les suivre ! Mais lorsqu'il parvient à un nouveau croisement, il voit que les traces sont présentes sur plusieurs chemins. Lequel choisir ?

Aide Danaël en classant les mots qui ont un seul sens et ceux qui en ont plusieurs. Pour cela, cherche dans le dictionnaire. Le chemin pris par le girawa est celui qui contient le plus de mots :

MANCHE - CERISE - AVION - FEUILLE - VERT - PIÈCE - STYLO - AUTOBUS - TIMBRE - CHAUSSURE - SOURIS - PLUS

CHEMIN A	CHEMIN B
UN SEUL SENS	**PLUSIEURS SENS**
	MANCHE (partie d'un vêtement, partie d'un instrument)

Le chemin que doit prendre Danaël est le chemin : _ _ _ _ _ _.

Les six girawas

ÉNIGME 1

Danaël a réussi à trouver le bon chemin, mais il se demande tout de même pourquoi il y a autant de traces de pas. Il finit par le comprendre lorsqu'il arrive devant non pas un, mais six girawas ! Lequel peut bien être le sien ?

Afin de ne pas se tromper, Danaël a besoin de connaître la taille de chacun des animaux. Pour l'aider, convertis ces longueurs en mètres et centimètres.

A

325 cm = 3 m 25 cm

B

0,0327 hm = ...

C

31,8 dm = ...

D

0,322 dam = ...

E

3210 mm = ...

F

3,020 m = ...

Le girawa de Danaël est le troisième plus petit, quel est-il ? _ _ _ .

Attendez-moi !

ÉNIGME 1

Danaël est d'excellente humeur car il a enfin retrouvé son girawa ! Il peut reprendre sa route. Il sort sa carte et tente de repérer le chemin qu'il doit suivre pour rejoindre ses amis.

Le chemin de Danaël est dessiné en bleu sur le parchemin. Il est composé de 18 étapes. Note les directions qu'il doit suivre à partir de l'étape 4.

N : NORD – E : EST – S : SUD – O : OUEST

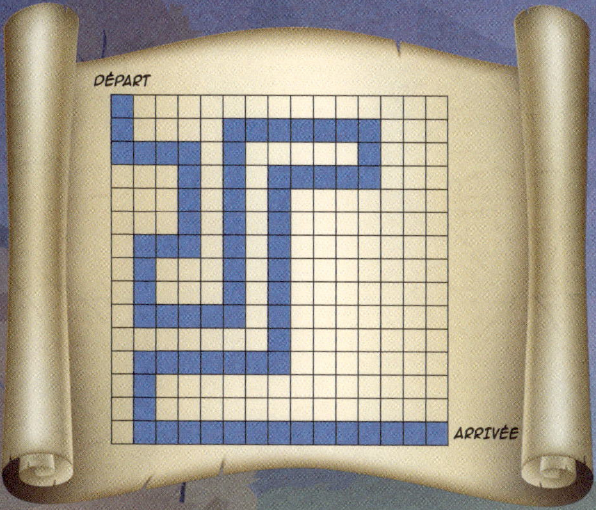

ÉTAPES	DIRECTIONS
1	3S (3 CASES VERS LE SUD)
2	3E (3 CASES VERS L'EST)
3	4S
4	
5	
6	
7	

ÉTAPES	DIRECTIONS
8	
9	
10	
11	
12	
13	
14	

Jadina et la pierre trop précieuse

Un matin, Jadina se promène en flânant entre les étals du marché de Larbos.
Son regard est soudain attiré par une magnifique pierre précieuse, exposée sur la devanture d'un stand de bijoux. La jeune fille compte les pièces qu'il lui reste et comprend vite que la pierre est trop chère pour elle. Elle propose alors au marchand de faire du troc, ce à quoi il ne s'oppose pas. Jadina doit maintenant trouver des produits à donner au marchand en échange de ce joyau.

L'achat incertain

ÉNIGME 2

Jadina réfléchit à tout ce qu'elle peut acheter avec l'argent qu'elle possède déjà. Elle a déjà repéré des livres précieux, des étoffes de soie, des épées en argent et des bagues en or. Dans sa bourse, elle a 188 kishus.

En t'aidant des indices, calcule le nombre d'objets que Jadina peut acheter avec 188 kishus.

EN TOUT, JADINA ACHÈTE 12 OBJETS : ELLE CHOISIT D'ABORD 2 ÉTOFFES PUIS DEUX FOIS PLUS DE BAGUES. ELLE PREND ENSUITE LE MÊME NOMBRE D'ÉPÉES QUE DE LIVRES.

	PRIX EN KISHUS	NOMBRE D'OBJETS À ACHETER
	13	
	11	
	17	
	19	

La juste valeur

ÉNIGME 2

Jadina est heureuse de ses achats, mais il est trop tôt pour crier victoire. Elle doit trouver quels objets sont suffisamment précieux pour convaincre le marchand d'accepter l'échange.

Aide Jadina en entourant tous les synonymes et en soulignant tous les mots antonymes de précieux.

NÉCESSAIRE

UNIQUE

COMMUN

PRATIQUE

INESTIMABLE

FIER

FLATTEUR

CÂLIN

RARE

DÉRISOIRE

ORDINAIRE

CHER

QUELCONQUE

ONCTUEUX

OBLIGATOIRE

PARFAIT

Les épices rares

ÉNIGME 2

Un marchand d'épices voyant passer Jadina devant son étal lui propose d'échanger les épées qu'elle a achetées contre des épices rares. Elle doit donc déterminer quelle quantité d'épices elle peut récupérer en échange de ses épées.

Convertis toutes les masses en grammes puis classe les sacs d'épices suivants dans l'ordre croissant.

SAC 1 :
0,265 kg
= .... g

SAC 2 :
37 dag
= .... g

SAC 3 :
12,05 hg
= .... g

SAC 4 :
18 000 cg
= .... g

SAC 5 :
75 dg
= .... g

SAC 5 < .... < .... < .... < ....

Quel est le poids total des cinq sacs d'épices que Jadina a récupérés ? _ _ _ _.

Remontons le temps

ÉNIGME 2

En repartant de chez le marchand, Jadina se rend compte que les bonnes odeurs des épices lui ont donné faim, d'autant plus qu'elle n'a pas pris de petit déjeuner. Elle tente de se souvenir à quelle heure elle s'est levée.

Aide Jadina à retrouver l'heure à laquelle elle s'est levée.

Il est actuellement 10 h 47. Jadina quitte le marchand d'épices. Elle a passé 35 minutes avec lui.

À quelle heure est-elle arrivée devant son étal ?

....

Elle termine d'acheter les épées, les bagues, les étoffes et les livres à 10 heures. Elle met 44 minutes à faire ses achats.

Quelle heure était-il quand elle a débuté ses achats ?

....

Elle quitte le marchand de pierres à 9 heures. Elle a passé 12 minutes à admirer la pierre précieuse.

À quelle heure s'est-elle mise à admirer la pierre ?..

Elle a quitté la maison à 8 h 30. Elle a mis 49 minutes à se préparer après s'être levée.

À quelle heure s'est elle levée ?

....

Des clients séduits

ÉNIGME 2

Après avoir mangé un morceau, Jadina décide de poursuivre ses échanges. Elle entend les camelots essayer de vendre au mieux leurs produits. Jadina sourit devant la manière dont ils enjolivent leurs descriptions !

Dans chaque phrase, souligne en bleu les compléments circonstanciels et en rouge les compléments du nom.

CETTE MAGNIFIQUE ARMURE DU SIÈCLE DERNIER PROVIENT DE LA TOMBE SECRÈTE DU DERNIER ROI. JE L'AI TROUVÉE PAR HASARD, DANS LA FORÊT.

REGARDE CES FLEURS DES CHAMPS. ELLES SONT CUEILLIES À LA MAIN. CHACUNE A DES PÉTALES SPLENDIDES ET MULTICOLORES. JE LES AI RAMASSÉES CE MATIN.

ADMIREZ-VOUS DANS CE MIROIR D'OR ! VOUS POURREZ CHAQUE JOUR VOIR LE REFLET DE VOTRE BEAUTÉ ADMIRABLE.

Jadina décide d'échanger le miroir contre les livres précieux.

La présentation compte !

ÉNIGME 2

Jadina a enfin terminé ses achats. Elle voudrait à présent les emballer soigneusement pour qu'ils soient les plus présentables possible auprès du vendeur de la pierre précieuse.

Colorie les patrons qui permettront à Jadina de réaliser un cube.

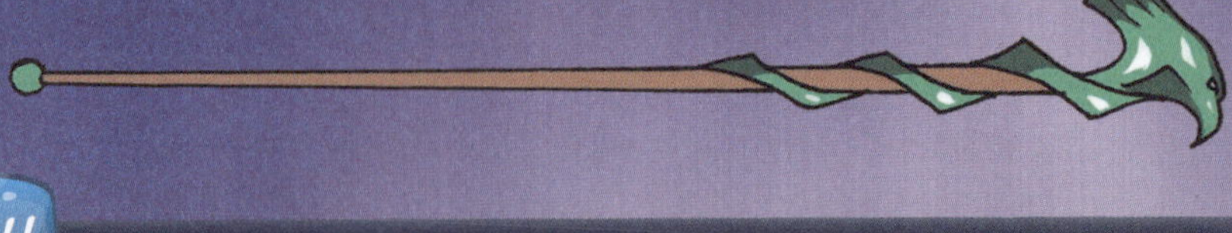

La bonne affaire

ÉNIGME 2

Jadina a terminé ses paquets. Mais elle n'a pas emballé les étoffes de soie qu'elle a achetées. Elle envisage de faire une dernière bonne affaire, en demandant de l'aide à une couturière !

Observe bien les trois séries de mots et barre l'intrus dans chacune d'entre elles.

CHEMISE
TEE-SHIRT
GILET
SAROUEL
JUSTAUCORPS

JUPE
COLLANT
PANTALON
JEAN
POURPOINT
KILT

BABOUCHE
BÉRET
CHARENTAISE
POULAINE
SABOT
PANTOUFLE

La couturière réalise une tenue en soie. Jadina espère pouvoir l'échanger contre la pierre précieuse.

Le juste prix

ÉNIGME 2

En chemin, Jadina est arrêtée par une jeune fille qui semble très intéressée par ses bagues. La princesse décide de les lui vendre, mais un peu plus cher que le prix auquel elle les a achetées. Elle espère ainsi réaliser un bénéfice.

Jadina a acheté ses bagues 76 kishus. Elle envisage quatre augmentations possibles du prix. Indique le nouveau prix selon l'augmentation choisie.

Prix des bagues en kishus	76	76	76	76
Augmentation du prix des bagues	50 %	40 %	25 %	20 %
Nouveau prix des bagues en kishus	$76 + \frac{76 \times 50}{100}$ $= 114$			

Jadina finit par opter pour une augmentation de 25 %.

Toute une organisation

ÉNIGME 2

Jadina a terminé ses achats. Elle espère qu'ils suffiront à convaincre le marchand de lui céder la pierre ! Pour éveiller progressivement son intérêt, elle décide qu'elle lui présentera ses produits du moins précieux au plus précieux.

Pour aider Jadina, classe les deux séries de fractions suivantes dans l'ordre croissant, 1 étant la plus petite et 8 étant la plus grande.

$\frac{1}{9}$	$\frac{17}{9}$	$\frac{5}{9}$	$\frac{12}{9}$	$1+\frac{2}{9}$	$\frac{7}{9}$	$1+\frac{4}{9}$	$\frac{8}{9}$
1							

$\frac{2}{5}$	$\frac{6}{5}$	$1+\frac{2}{5}$	$\frac{4}{5}$	$\frac{7}{5}+1$	$1+\frac{6}{5}$	$\frac{10}{5}$
1						

Soyons convaincants

ÉNIGME 2

Le grand moment est arrivé pour Jadina ! Toute heureuse, elle se rend chez le marchand et lui présente ce qu'elle veut bien donner en échange de la pierre précieuse.

Fais le bilan des échanges en complétant les phrases avec *la, l'a, là* ou *l'as*.

« ME REVOILÀ, MARCHAND. CETTE PIERRE EST VRAIMENT MAGNIFIQUE, OÙ DONC ......-TU TROUVÉE ? JE ..... PRÉFÈRE À TOUTES CELLES QUE JE POSSÈDE DÉJÀ. HEUREUSEMENT, PERSONNE NE ..... ENCORE ACHETÉE. JE ..... PRENDS EN ÉCHANGE DE CETTE COLLECTION D'OBJETS PRÉCIEUX : ADMIRE CETTE TUNIQUE EN SOIE ; UNE COUTURIÈRE ..... CONFECTIONNÉE POUR TOI. IL FAUT QUE JE TE MONTRE AUSSI ..... CORIANDRE DU JAPON, QUE J'AI ACHETÉE CHEZ LE MARCHAND D'ÉPICES. JE L'AI RANGÉE ......, DANS MON SAC. »

L'achat de la pierre

ÉNIGME 2

La pierre coûte 220 kishus. Le marchand accepte de déduire 25 kishus du prix pour la tenue en soie. Il déduit aussi 56 kishus pour les épices et 48 kishus pour le miroir.

Combien de kishus Jadina doit-elle donner au marchand pour que la pierre précieuse soit à elle ?
Écris les opérations que tu dois faire.

PRIX RESTANT À PAYER :

....

....

Dans sa bourse, Jadina a 95 kishus.

Combien de kishus lui restera-t-il ensuite ?

ARGENT RESTANT :

....

....

Jadina rentre chez elle, ravie d'avoir pu acheter la pierre précieuse !

Le banquet de Razzia

Pour célébrer son retour dans la contrée de Rymar, Razzia souhaite organiser le banquet le plus grandiose au monde, avec une foule d'invités. Cela fait une quantité de bouches à nourrir et Razzia a du pain sur la planche, d'autant qu'il voudrait proposer des plats très élaborés, de l'entrée au dessert ! Il enfile donc son tablier, aiguise ses couteaux et se met au travail sans plus tarder...

Les ingrédients

ÉNIGME 3

Razzia décide de commencer par la préparation du dessert. Au moment de rassembler les ingrédients, il se rend compte que sa recette vaut pour 5 personnes, or il y aura 45 invités...

Aide Razzia à déterminer les quantités exactes pour les 45 invités.

POUR 5 PERSONNES

-4 œufs
- 120 g de farine
- 180 g de sucre
- 160 g de beurre
- 200 g de chocolat
- 25 framboises

POUR 45 PERSONNES

- 60 œufs
- .... g de farine
- .... g de sucre
- .... g de beurre
- .... g de chocolat
- .... framboises

Une question de mesures

ÉNIGME 3

Razzia peut à présent peser tous les ingrédients dont il aura besoin pour sa recette.

Convertis les masses dans l'unité indiquée.

.... kg

.... hg

.... dag

.... kg

La recette mystère

ÉNIGME 3

À présent, Razzia peut préparer ses gâteaux. Il compte bien suivre la recette à la lettre, pour être sûr de ne pas se tromper ! Mais il semble avoir besoin de ton aide pour comprendre les instructions...

Dans la recette suivante, conjugue les verbes entre parenthèses au futur simple.

D'ABORD, TU (MÉLANGER) ....
LES ŒUFS ET LE SUCRE AU FOUET.
ENSUITE, AVEC UN AMI, VOUS
(AJOUTER) .... LA FARINE,
LA LEVURE ET LE BEURRE. PUIS, TON AMI
(FAIRE) .... FONDRE LE CHOCOLAT.
QUAND VOUS (OBTENIR) ....
UN MÉLANGE HOMOGÈNE, TON AMI
T'(AIDER) .... À VERSER LE TOUT
DANS UN MOULE. VOUS (CUIRE) ....
LA PRÉPARATION PENDANT 45 MINUTES.
TU (PRÉPARER) .... UNE CRÈME
CHANTILLY POUR DÉCORER LE GÂTEAU.
TU LE (SORTIR) .... DU FOUR, PUIS,
TOUS LES DEUX, VOUS LE (RECOUVRIR)
.... DE CHANTILLY.

Des entrées pour tous

ÉNIGME 3

Razzia s'attaque maintenant aux entrées.

Il va en préparer 180. Parmi elles, $\frac{1}{5}$ ne contiendront que des légumes, $\frac{1}{5}$ ne contiendront que du poisson et $\frac{3}{5}$ seront soit un mélange de légumes et de viande soit un mélange de légumes et de poisson.

Pour chaque type d'entrée, calcule combien Razzia doit en préparer.

LÉGUMES

....

POISSON

....

LÉGUMES ET VIANDE

LÉGUMES ET POISSON

....

Une touche d'originalité

ÉNIGME 3

Razzia décide d'inscrire les ingrédients de chaque entrée sur des petits cartons qui seront posés sur les tables. Mais il voudrait surprendre ses invités en écrivant d'une façon originale...

Observe les premières lettres de chaque mot, puis aide Razzia à les trier dans l'ordre alphabétique, de 1 à 16.

○ CREVETTES	○ AVOCAT
○ CONCOMBRE	○ POIVRONS
○ BOULETTES	○ AUBERGINE
○ ASPERGES	○ TERRINE
○ CAVIAR	○ CARPACCIO
○ BROCHETTES	1 ACRAS
○ BLINIS	○ GAMBAS
○ GASPACHO	○ CABILLAUD

La présentation, ça compte !

Énigme 3

Razzia voudrait servir ce qu'il a préparé dans des plats rigolos. Il opte donc pour des plats polygonaux, mais il possède tant de plats qu'il ne sait pas lesquels choisir...

Aide Razzia en traçant dans chaque cadre le polygone demandé :

UN TRIANGLE RECTANGLE BLEU

UN CARRÉ ROUGE

UN PENTAGONE VERT

UN OCTOGONE NOIR

Le plat principal

ÉNIGME 3

Razzia a bien avancé : il a les entrées et les desserts, il ne reste plus que le plat de résistance à préparer ! Pour faire son choix, Razzia consulte son livre de recettes et réfléchit à plusieurs possibilités.

Pour l'aider, écris le contraire de chaque phrase en ajoutant un préfixe au mot qui convient.

CETTE RECETTE DE MACARONIS
AU FROMAGE EST EXTRAORDINAIRE.

LA PAGE CONTENANT LA RECETTE
DU GIGOT D'AGNEAU EST ....LISIBLE.

CE SAUMON MARINÉ EST SI BON
QU'IL REND ....MORTEL.

LES INVITÉS SERONT ....CONTENTS
DE GOÛTER CE POULET AU CURRY.

CE HACHIS PARMENTIER
A L'AIR ....MANGEABLE.

CETTE PIZZA SERA
EN QUANTITÉ ....LIMITÉE

Au gramme près

ÉNIGME 3

Razzia opte finalement pour un rôti, accompagné de frites ! Et s'il se trompait sur les quantités, et que ses amis restaient sur leur faim ? Ah non, ce serait trop dommage, pour une fois qu'il leur prépare un festin !

Résous les calculs suivants pour aider Razzia à trouver les bonnes quantités.

243 X 8 = ...

569 X 5 = ...

3 783 X 7 = ...

754 X 10 000 = ...

55 X 20 = ...

290 X 40 = ...

Le temps presse

ÉNIGME 3

L'heure tourne et les invités vont bientôt arriver.
Razzia doit se dépêcher s'il veut finir à temps ! Il veut réaliser 10 recettes car ses convives ont tous des goûts différents.
Il décide de commencer par la recette la plus rapide (3 min).

Classe les durées des dix recettes dans l'ordre croissant en les numérotant de 1 à 10. Pour cela, convertis toutes les durées en minutes.

5 min ○

1/2 h = ... min ○

1/4 h = ... min ○

3 600 s = ... min ○

25 min ○

4 h = ... min ○

45 min ○

2 h = ... min ○

180 s = 3 min 1

180 min ○

Combien de temps Razzia va-t-il mettre pour venir à bout de ces dix recettes ? Donne ta réponse en heures et minutes : _________________.

Soyons précis

ÉNIGME 3

Maintenant que le repas est prêt, Razzia s'empresse de dresser la table. Il a dessiné un schéma géométrique pour l'aider à répartir les assiettes.

Suis les instructions de Razzia, et trace le schéma.

PRENDS TA RÈGLE ET TON COMPAS. TRACE UN CARRÉ EFGH DE 5 CM DE CÔTÉ. TRACE ENSUITE LES DIAGONALES DU CARRÉ. PLACE LE POINT O À L'INTERSECTION DES DEUX DIAGONALES. ENFIN, TRACE LE CERCLE DE CENTRE O PASSANT PAR LES SOMMETS DU CARRÉ.

La table parfaite

ÉNIGME 3

Razzia voudrait préparer une table plus petite pour les boissons, mais il ne sait pas vraiment comment s'y prendre...

Écris un programme de construction pour construire la figure suivante.

TRACE UN TRIANGLE ÉQUILATÉRAL DE 7 cm DE CÔTÉ.

PUIS, ...

....

....

....

....

Ça y est, les invités arrivent ! Le festin peut commencer. Les plats de Razzia sont délicieux. Tout le monde se régale et profite de cette soirée inoubliable.

Gryf et l'ombre mystérieuse

Alors qu'ils marchent tranquillement dans les environs de Matasa, Gryf et ses amis plaisantent et rient aux éclats. Mais une ombre les suit depuis un long moment déjà. Lorsque Gryf s'en rend compte, son sang ne fait qu'un tour. Une bonne bagarre, cela lui avait manqué ! Alors, il se lance à la poursuite de l'ombre, et se retrouve bientôt au milieu de nulle part, sans aucune trace de ce qu'il pourchassait.

GRYF SOUPIRE. IL SE RETOURNE POUR ANNONCER LA MAUVAISE NOUVELLE À SES AMIS, ET SE REND COMPTE QU'IL EST TOUT SEUL.

ÉNIGME 4

Drôle de chemin

Gryf décide de s'asseoir sur une souche pour reprendre son souffle et se désaltérer. Ses amis auraient quand même pu le suivre, pense-t-il. Mais se lamenter ne sert à rien, il lui faut être efficace pour les rejoindre.

Trace le symétrique de la figure de gauche pour aider Gryf à retrouver son chemin.

Pour cela, trace d'abord les symétriques des points bleus, puis relie les points entre eux.

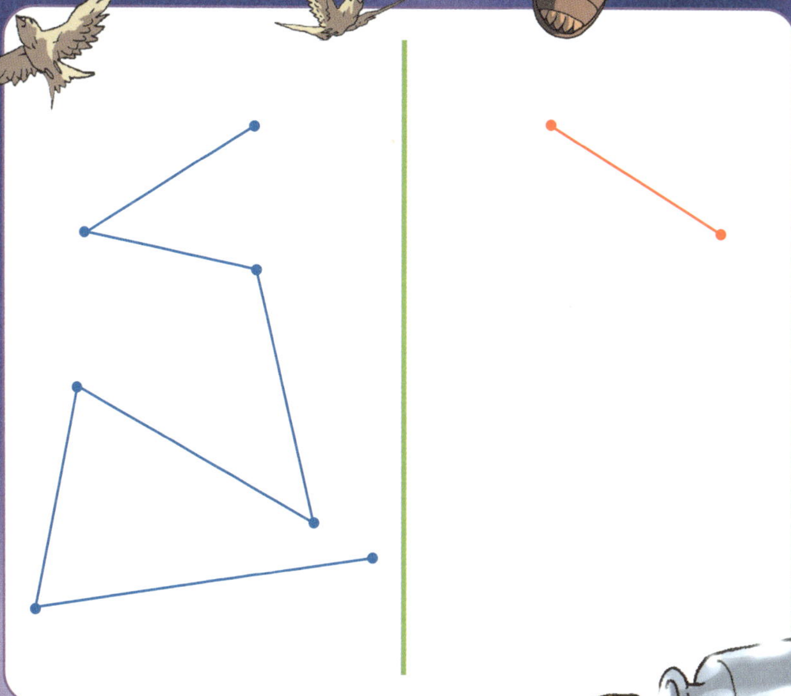

Un choix difficile

ÉNIGME 4

Gryf a retrouvé son chemin ! Mais il ne faut pas crier victoire trop tôt ! Un nouveau croisement l'attend bientôt.

**Tout comme Gryf, cherche les intrus dans ces suites de mots et entoure-les.
Attention, il n'y a qu'un intrus par liste et le critère pour le trouver varie.**

- CHEMIN, ROUTE, VOIX, PASSAGE, VOIE, RUE, ALLÉE
- PERDRAS, ÉGARERAS, OUBLIERAI, OMETTRAS, DÉLAISSERAS, POUSSERAS
- SE VÊTIR, LA DEMEURE, LA MAISON, SE SUSTENTER, DÉROBER, ÉCHOUER.
- SORTIT, TOMBAI, PRIS, FILAIS, ENTRA, FIS
- PATIENTAS, ENRAGEAT, OBSERVÂTES, ESPÉRÂMES, MANGEAIS, ÉTEIGNIS
- J'AI MÉLANGÉ, IL A PU, TU AVAIS VU, J'AI DÛ, ELLE A SU, J'AI LU

Là-haut sur la montagne

Énigme 4

Arrivé devant une montagne, Gryf se dit qu'en l'escaladant, il pourra certainement apercevoir ses amis dans la plaine.
Il observe la paroi abrupte à la recherche de prises.

Trouve le parcours que Gryf va emprunter en coloriant uniquement les divisions qui ne comportent pas de reste.

3 : 2	68 : 33	123 : 4	77 : 3
17 : 3	96 : 5	59 : 3	66 : 7
69 : 7	210 : 4	245 : 6	48 : 7
95 : 6	87 : 7	123 : 3	80 : 5
101 : 3	51 : 2	254 : 2	51 : 4
99 : 3	51 : 3	98 : 49	58 : 28

ÉNIGME 4

Cours, marche ou glisse

Grâce à sa longue-vue, Gryf repère ses amis en un clin d'oeil. Le problème, c'est qu'ils sont trop loin pour l'entendre ! Alors il faut vite descendre. Pour cela, trois possibilités s'offrent à lui : prendre le sentier principal en marchant 1 km à 6 km/h, prendre un chemin de traverse en courant 3 km à 12 km/h, dévaler la pente en glissant sur 4 km à 20 km/h.

Quelle solution Gryf doit-il choisir pour arriver en bas le plus rapidement ?

MARCHE	1 km à 6 km/h	Il fait 6 km en 60 min donc 1 km en 10 min.
COURSE	3 km à 12 km/h	....
GLISSADE	4 km à 20 km/h	....

C'est la _ _ _ _ _ _ _ _ _ _ _ _ que Gryf doit choisir.

Repérons-nous

ÉNIGME 4

Arrivé en bas, Gryf observe les lieux : un pont, une rivière, des bosquets d'arbres, des fleurs géantes. Cela ressemble au paradis !

▶ Lis les indices en bas de page. Sur la carte, trace une croix pour indiquer la position de Gryf et un point pour indiquer la position de ses amis.

GRYF SE TROUVE AU PIED DE LA MONTAGNE, AU SUD DE L'EMBRANCHEMENT DE LA RIVIÈRE ET À L'OUEST D'UN BOSQUET D'ARBRES. SES AMIS SONT AU SUD-EST DU PONT, ENTRE LE SENTIER ET LA RIVIÈRE.

De l'ordre dans les idées

ÉNIGME 4

Quelle joie pour Gryf d'apercevoir là-bas ses amis !
Ses pensées se bousculent dans sa tête, il décide de les mettre au clair.

Complète le texte avec les terminaisons manquantes.

J'AI GRAVI UNE MONTAGNE
ET L'AI REDESCENDUE
POUR VOUS RETROUV.......
CETTE FOIS, JE N'AI PAS FAI......
DE MAUVAISES RENCONTRES.
MÊME PAS D'INSECTES
GÉANTS. MAIS
J'AI TELLEMENT
MARCH...... QUE
JE ME SEN......
UN PEU FATIGU......
RALENTISS....... LE PAS.
ATTENDEZ-MOI !

ÉNIGME 4

Des empreintes inconnues

Malgré sa fatigue, Gryf longe maintenant la rivière et remarque des empreintes d'animaux. Il en compte 72. Les cinq neuvièmes ($\frac{5}{9}$) correspondent à des mammifères, un tiers ($\frac{1}{3}$) à des oiseaux et le reste à des araignées.

Note, pour chaque type d'animal, combien d'empreintes Gryf a repérées.

TYPE D'ANIMAL	NOMBRE D'EMPREINTES	NOMBRE D'ANIMAUX
MAMMIFÈRES	40	10
OISEAUX	....	....
ARAIGNÉES	....	....

Au pas de course

ÉNIGME 4

Gryf est déterminé, et surtout il court vite ! Un bond, et le voilà presque à la hauteur du groupe.

Classe les mots selon leur champ lexical. L'un d'eux est un intrus et ne rentre pas dans le tableau.

DISPARITION, ALARME, QUITTER, NUAGE, PERTE, CÉLESTE, PEUR, DÉTRESSE, ÉTOILE, FATIGUE, FIRMAMENT, PÉRIL, MENACE, ÉLOIGNEMENT, SOLEIL, SÉPARATION

ABSENCE	DANGER	CIEL
DISPARITION	ALARME	NUAGE
....	....	....
....	....	....
....	....	....
....	....	....

Quel est l'intrus ? _ _ _ _ _ _ _ _ _ _ _ _ _ .

Le dernier obstacle

Énigme 4

Un dernier obstacle empêche Gryf de rejoindre ses amis : des rochers lui bloquent le passage.

Pour aider Gryf à passer l'obstacle, indique le bon signe entre chaque rocher : <, > ou =.

9,5	>	9,05
4,40		4,4
2,307		2,37
42,01		41,99
7,050		7,50
2,150		2,15

Bravo ! Grâce à ta persévérance,
Gryf a enfin retrouvé les autres Légendaires.

La quête de Shimy

En matière de pouvoirs élémentaires, Shimy ne plaisante pas. Appelée à la rescousse pour user de ses pouvoirs, elle enrage en comprenant qu'il s'agit d'un canular. Les petits plaisantins doivent encore avoir les oreilles qui sifflent, alors que cela fait deux jours qu'elle leur a crié dessus.

Dans une semaine, Shimy retrouvera les autres Légendaires. En attendant, elle n'est pas du genre à rester sagement dans son coin. Alors quand elle entend parler d'une quête proposée à tout aventurier courageux, elle se lance. Celui qui lui propose cette quête lui donne un premier indice : elle doit trouver l'arbre le plus gros de la forêt.

L'arbre le plus gros

ÉNIGME 5

À peine entrée dans la forêt, Shimy découvre que les arbres sont tous plus gros les uns que les autres. Sa tâche s'annonce compliquée. Elle sort de sa poche un mètre ruban et entreprend de mesurer les plus gros d'entre eux en entourant leur tronc de son ruban.

Aide Shimy en classant les longueurs de la plus petite à la plus grande. Pour cela, convertis d'abord toutes les mesures en mètres.

ARBRE 1 : 2,54 m

ARBRE 2 : 0,264 dam = ... m

ARBRE 3 : 251 cm = ... m

ARBRE 4 : 26,41 dm = ... m

ARBRE 5 : 2 622 mm = ... m

ARBRE 6 : 1,987 m

Arbre 6 < _ _ _ _ < _ _ _ _ < _ _ _ _ < _ _ _ _ < _ _ _ _

Quel est l'arbre le plus gros ? _ _ _ _ _ _ _ _ _ _ _ _ _ _ _ _

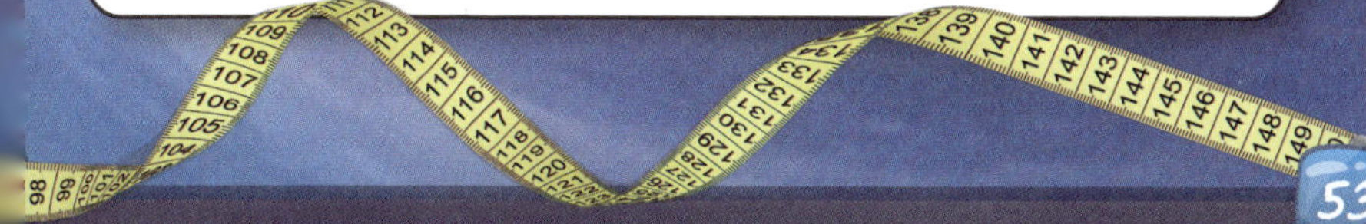

Les contraires s'attirent

ÉNIGME 5

Au pied de l'arbre, dans un coffre miniature,
Shimy trouve un message : « Fais cent pas vers le nord ».

Après avoir fait cent pas vers le Nord, l'elfe se retrouve dans une clairière. Des panneaux sont suspendus autour d'elle. Sur chacun d'eux on peut lire un mot, un nombre et une lettre. Shimy doit retrouver les antonymes. Le panneau qui reste lui indiquera la nouvelle direction à prendre et le nombre de pas à faire.

Colorie de la même couleur les paires d'antonymes.

COLORÉ 52 S

ESTIME 59 O

TROUVER 574 O

MALADE 123 S

PERDRE 21 S

VIVANT 245 O

PASSÉ 211 E

SAIN 47 N

ACTUALITÉ 225 E

DÉCÉDÉ 45 O

INCOLORE 223 N

Shimy doit faire _ _ _ _ _ pas vers _ _ _ _ _ _ _ .

L'arbre à nombres

ÉNIGME 5

Après avoir suivi ces instructions, Shimy se trouve devant un arbre habillé de nombres et de symboles mathématiques. D'abord étonnée, elle se met au travail.

Complète l'arbre en faisant l'ensemble des opérations du bas vers le haut.

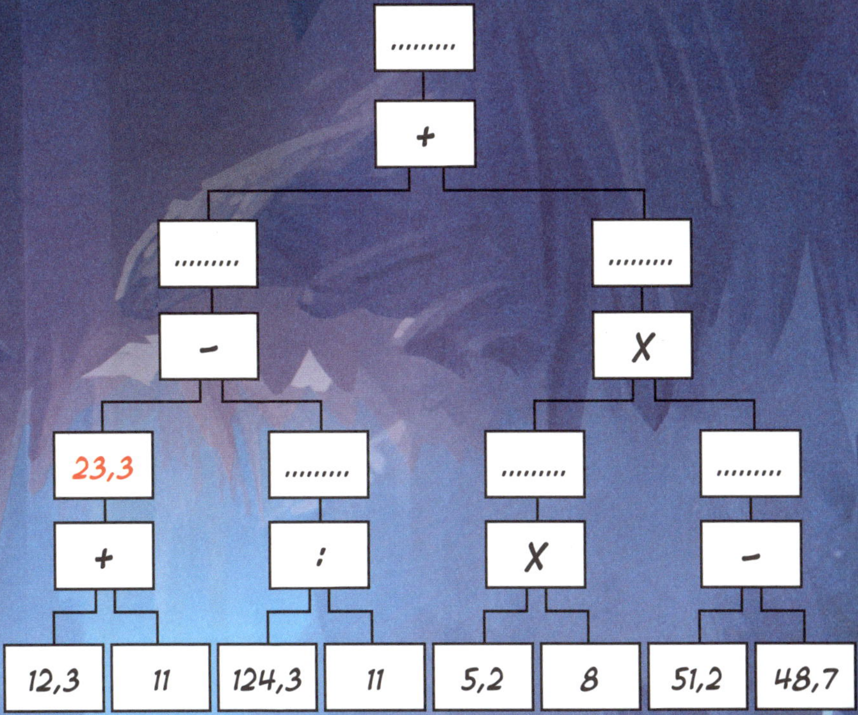

La traversée du pont

ÉNIGME 5

Arrivée à l'endroit indiqué, Shimy aperçoit un ravin traversé par un petit pont de corde. Elle n'est pas du genre craintive, mais tout de même, le pont ne semble pas très solide. Elle prend son courage à deux mains et se lance.

Pendant que Shimy traverse le pont, conjugue les verbes entre parenthèses.

- (FAIRE) FAIS-MOI CONFIANCE !

- HIER, JE TE (FAIRE) .... TOUTE CONFIANCE,
MAIS AUJOURD'HUI, J'(AVOUER) ....
QUE JE NE (SAVOIR) .... PLUS.
JE ME (MÉFIER) .... UN PEU.
AS-TU DÉJÀ (TRAHIR) .... LA CONFIANCE
D'UN AMI ? JE (CROIRE) ....
QUE CELA NE T'EST PAS (ARRIVER) ....
ENFIN, J'OSE L'ESPÉRER. EN TOUS CAS,
JE NE (REGRETTER) .... PAS
DE T'AVOIR (RENCONTRER) ....

L'ascension

Énigme 5

Shimy a enfin franchi le pont. La traversée s'est révélée plus éprouvante que prévu. En face d'elle se dresse un mur. Shimy y aperçoit des prises. C'est certainement par là qu'il faut passer.

Colorie les cases du chemin que Shimy doit emprunter pour parvenir en haut. Tu peux te déplacer horizontalement ou verticalement, en veillant à ce que les nombres du chemin se suivent dans l'ordre croissant.

4,66	10,3 - 4,8	10,2 - 4,9	10,1 - 4,5	10,4 - 5,4	11,4 - 9,5
5,012	5,024	5,12	5,21	5,0984	5,009
2,8	3,2	10 : 2,5	$\frac{9}{3}$	2,941	$\frac{9}{3}$
0,4 x 3	0,5 x 3	0,3 x 4	0,25 x 2	0,11 x 12	0,01 x 9
0,99 + 0,1	1,175	1,06	0,88	0,930	1,38
1,64	1,05	1,054	1,023	1,004	1,25

Départ 1

En haut de la paroi, Shimy découvre un nouveau coffre contenant un message : elle doit se rendre jusqu'à la grotte la plus proche.
Elle découvre aussi un parchemin avec le mot *Bienveillance*.

Peintures rupestres

ÉNIGME 5

Dans la semi obscurité de la grotte, Shimy devine des formes animales sur les parois. Elle le sait, il y a un indice à trouver dans cette caverne !

Aide Shimy en barrant tous les noms d'animaux dans cette grille, horizontalement ou verticalement.

Avec les lettres qui restent, tu verras apparaître un mot désignant une qualité.

	C	H	I	M	P	A	N	Z	É	S		L
C	H	A	T		O	N		È	P	I	C	A
H	A			C	R	E		B	E	N	H	P
A	T		P	O	C	C		R	R	G	A	I
T	O		O	Q		O		E	V	E	T	N
H	N	O	U	N	N	Q	Ê	T	I	E	T	É
C	O	U	L	E	U	V	R	E	E	P	I	E
R	A	T	É	L	A	N			R	B	O	A

Quel est le mot qui apparaît ?

_ _ _ _ _ _ _ _ _ _ _ _ _ _ _ _ _ _ .

Enfin à l'air libre !

ÉNIGME 5

Fière d'avoir trouvé l'indice, l'elfe élémentaire sort de la caverne. La lumière du soleil l'éblouit. Bientôt, elle retrouvera Danaël, Razzia, Jadina, et Gryf.

Mais avant, aide Shimy à compléter ce texte.

En sortant de la caverne, Shimy (ce/se) .... demande (ci/si) .... sa quête va se terminer bientôt. (Ce/Se) .... (n'ait/n'est) .... pas dans ses habitudes, (mets/mais) .... elle a presque envie de renoncer. Rien (ni/n'y) .... fait, elle ne pense qu'à retrouver ses amis.

Elle décide de suivre le sentier qui passe à travers champs. Mais (cet/cette/sept) .... fois, elle espère réellement qu'une belle surprise l'attend.

(Quant/Qu'en/Quand) .... elle arrive devant un manoir magnifique, elle décide de le visiter, sans même savoir à qui il appartient ! Elle entre, en regrettant un peu que (ces/ses) .... amis ne soient pas là.

Le motif multicolore

ÉNIGME 5

Dans le grand hall du manoir, elle remarque immédiatement un escalier majestueux. En haut, un motif géométrique multicolore attire son attention.

Indique le nombre de cercles et de triangles que contient la figure.

La figure contient _ _ _ _ cercles et _ _ _ _ triangles.

La clé de l'énigme

ÉNIGME 5

Fascinée par la majesté de l'escalier, Shimy le monte pour observer le motif en détail. Alors qu'elle admire les formes emmêlées, elle aperçoit une enveloppe posée par terre. Elle court l'ouvrir et trouve dedans la dernière énigme.

Sers-toi des indices suivants pour trouver le mot-mystère qui permettra à Shimy de terminer sa quête.

- Dans la clairière (p. 54), quel était le seul mot sans antonyme ?

  ....

- Quel mot se retrouvait dans plusieurs phrases durant la traversée du pont (p. 56) ? ....

- Quel mot Shimy a-t-elle lu en haut de la paroi (p. 57) ?

  ....

- Quel mot l'elfe a-t-elle trouvé dans la caverne (p. 58) ?

  ....

Maintenant, observe les indices. À quel mot te font-ils penser ?

....

Alors que Shimy annonce le résultat de sa quête, elle reçoit en récompense un bracelet d'or, qui est du plus bel effet à son poignet. Elle peut à présent retrouver les intrépides Légendaires.

SOLUTIONS

Le bon chemin P. 8

A. 25,02 + 26,98 = 52
B. 654,21 + 57,24 = 711,45
C. 700,1 + 12,09 = 712,19
D. 21 - 19,2 = 1,8
C'est le chemin : C.

Les traces du girawa P. 9

COMMANDE	COMMANDER	COMMENCER
COMMANDEUR	COMMANDANT	COMMANDITER

LITTÉRATURE	LIRE	LITERIE
LITTÉRAIRE	LECTURE	LETTRÉ

TERRIER	ATTÉRIR	DÉTERRER
SOUTERRAIN	TERRIBLE	TERRESTRE

NOIRCIR	NOIRÂTRE	NOIRCIR
NARRATEUR	NOIR	NOIRCISSEMENT

Le passage risqué P. 10

154 000 < 154 789 < 155 000

540 000 < 547 845 < 550 000

987 700 < 987 754 < 987 800

Le plus petit nombre à encadrer est : 154 789.

Le croisement
P. 11

21 020 400 = 20 000 000 + 1 000 000 + 20 000 + 400
454 589 = 400 000 + 50 000 + 4 000 + 500 + 80 + 9
8 120 872 = 8 000 000 + 100 000 + 20 000 + 800 + 70 + 2
100 250 000 = 100 000 000 + 200 000 + 50 000
Quel nombre se décompose en seulement trois étapes ? 100 250 000.

La carte incomplète
P. 12

Faisons le point
P. 13

Il a entendu les bruits du combat.
S – V – COD

L'animal est parti vers le torrent.
S – V – CCL

Je retrouverai le girawa.
S – V – COD

ÉNIGME 1

La route est longue... P. 14

563 MINUTES = 9 H 23

258 MINUTES = 4 H 18

124 MINUTES = 2 H 04

495 MINUTES = 8 H 15

Trop de traces ! P. 15

CHEMIN A	CHEMIN B
UN SEUL SENS	PLUSIEURS SENS
CERISE (fruit)	FEUILLE (partie des végétaux, support d'écriture)
AVION (moyen de transport aérien)	PIÈCE (partie d'un bâtiment, monnaie)
STYLO (instrument pour écrire)	TIMBRE (caractère d'une voix, marque postale)
AUTOBUS (véhicule de transport en commun)	SOURIS (petit rongeur, verbe sourire au présent de l'indicatif)
CHAUSSURE (objet qui protège le pied)	PLUS (expression de l'addition, expression de la négation)
	VERT (couleur, vigoureux)

Danaël doit prendre le chemin B.

Les six girawas P. 16

A : 325 cm = 3 m 25 cm

B : 0,0327 hm = 3 m 27 cm

C : 31,8 dm = 3 m 18 cm

D : 0,322 dam = 3 m 22 cm

E : 3210 mm = 3 m 21 cm

F : 3,020 m = 3 m 02 cm

Le girawa de Danaël est le troisième plus petit, quel est-il ?
C'est le girawa E.

ÉNIGME 1

Attendez-moi ! P. 17

ÉTAPES	DIRECTIONS
1	3S (3 CASES VERS LE SUD)
2	3E (3 CASES VERS L'EST)
3	4S (4 CASES VERS LE SUD)
4	2O (2 CASES VERS L'OUEST)
5	3S (3 CASES VERS LE SUD)
6	4E (4 CASES VERS L'EST)
7	8N (8 CASES VERS LE NORD)

ÉTAPES	DIRECTIONS
8	6E (6 CASES VERS L'EST)
9	2S (2 CASES VERS LE SUD)
10	4O (4 CASES VERS L'OUEST)
11	8S (8 CASES VERS LE SUD)
12	6O (6 CASES VERS L'OUEST)
13	3S (3 CASES VERS LE SUD)
14	13E (13 CASES VERS L'EST)

ÉNIGME 2

L'achat incertain P. 19

	PRIX EN KISHUS	NOMBRE D'OBJETS À ACHETER
	13	3
	11	2
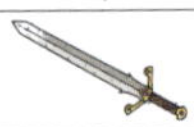	17	3
	19	4

La juste valeur P. 20

NÉCESSAIRE
PRATIQUE
UNIQUE
COMMUN
PARFAIT
CHER
FLATTEUR
CÂLIN
FIER
QUELCONQUE
INESTIMABLE
RARE
DÉRISOIRE
ORDINAIRE
OBLIGATOIRE
ONCTUEUX

ÉNIGME 2

Les épices rares P. 21

SAC 1 : 0,265 kg = 265 g
SAC 2 : 37 dag = 370 g
SAC 3 : 12,05 hg = 1205 g
SAC 4 : 18 000 cg = 180 g
SAC 5 : 75 dg = 7,5 g
SAC 5 < SAC 4 < SAC 1 < SAC 2 < SAC 3
Quel est le poids total des 5 sacs que Jadina a récupérées ? 2 022,5 g.

Remontons le temps P. 22

Il est actuellement 10 h 47. Jadina quitte le marchand d'épices. Elle a passé 35 minutes avec lui.

À quelle heure est-elle arrivée devant son étal ? 10 h 47 - 35 min = 10 h 12 min.

Elle termine d'acheter les épées, les bagues, les étoffes et les livres à 10 heures. Elle met 44 minutes à faire ses achats.

Quelle heure était-il quand elle a débuté ses achats ? 10 h - 44 min = 9 h 16 min.

Elle quitte le marchand de pierres à 9 heures. Elle a passé 12 minutes à admirer la pierre.

Quand a t-elle découvert la pierre ? 9 h - 12 min = 8 h 48 min.

Elle a quitté la maison à 8 h 30. Elle a mis 49 minutes à se préparer après s'être levée.

À quelle heure s'est elle levée ? 8 h 30 - 49 min = 7 h 41 min.

Des clients séduits P. 23

CETTE MAGNIFIQUE
ARMURE DU SIÈCLE DERNIER (CDN)
PROVIENT DE LA TOMBE SECRÈTE (CCL)
DU DERNIER ROI (CDN). JE L'AI TROUVÉE
PAR HASARD (CCM), DANS LA FORÊT (CCL).

ÉNIGME 2

ADMIREZ-VOUS DANS CE MIROIR D'OR (CDN) ! VOUS POURREZ CHAQUE JOUR (CCT) VOIR LE REFLET DE VOTRE VISAGE (CDN) ADMIRABLE.

REGARDE CES FLEURS DES CHAMPS (CDN). ELLES SONT CUEILLIES À LA MAIN (CCM). CHACUNE A DES PÉTALES SPLENDIDES ET MULTICOLORES. JE LES AI RAMASSÉES CE MATIN (CCT).

La présentation compte ! P. 24

La bonne affaire P. 25

JUPE	CHEMISE	BABOUCHE
COLLANT	TEE-SHIRT	~~BÉRET~~
PANTALON	GILET	CHARENTAISE
JEAN	~~SAROUEL~~	POULAINE
~~POURPOINT~~	JUSTAUCORPS	SABOT
KILT		PANTOUFLE

Le pourpoint ne couvre pas les jambes. Le sarouel ne couvre pas le buste. Le béret ne couvre pas les pieds.

Le juste prix P. 26

Prix des bagues en kishus	76 kishus	76 kishus	76 kishus	76 kishus
Augmentation du prix des bagues	50 %	40 %	25 %	20 %
Nouveau prix des bagues en kishus	$76 + \frac{76 \times 50}{100}$ = 114	$76 + \frac{76 \times 40}{100}$ = 106,4	$76 + \frac{76 \times 25}{100}$ = 95	$76 + \frac{76 \times 20}{100}$ = 91,2

Toute une organisation P. 27

$\frac{1}{9}$	$\frac{17}{9}$	$\frac{5}{9}$	$\frac{12}{9}$	$1 + \frac{2}{9}$	$\frac{7}{9}$	$1 + \frac{4}{9}$	$\frac{8}{9}$
1	8	2	6	5	3	7	4

$\frac{2}{5}$	$\frac{6}{5}$	$1 + \frac{2}{5}$	$\frac{4}{5}$	$\frac{7}{5} + 1$	$1 + \frac{6}{5}$	$\frac{10}{5}$
1	3	4	2	7	6	5

Soyons convaincants P. 28

« ME REVOILÀ, MARCHAND. CETTE PIERRE EST VRAIMENT MAGNIFIQUE, OÙ DONC L'AS-TU TROUVÉE ? JE LA PRÉFÈRE À TOUTES CELLES QUE JE POSSÈDE DÉJÀ. HEUREUSEMENT, PERSONNE NE L'A ENCORE ACHETÉE. JE LA PRENDS EN ÉCHANGE DE CETTE COLLECTION D'OBJETS PRÉCIEUX : ADMIRE CETTE TUNIQUE EN SOIE ; UNE COUTURIÈRE L'A CONFECTIONNÉE POUR TOI. IL FAUT QUE JE TE MONTRE AUSSI LA CORIANDRE DU JAPON, QUE J'AI ACHETÉE CHEZ LE MARCHAND D'ÉPICES. JE L'AI RANGÉE LÀ, DANS MON SAC. »

Énigme 2

L'achat de la pierre P. 29

PRIX RESTANT À PAYER :

220 – 25 – 56 – 48 = 4 kishus

ARGENT RESTANT :

95 – 91 = 4 kishus

Énigme 3

Les ingrédients P. 31

POUR 45 PERSONNES

- 60 œufs
- 1 080 g de farine
- 1 440 g de sucre
- 1 620 g de beurre
- 1 800 g de chocolat
- 225 framboises

Une question de mesures P. 32

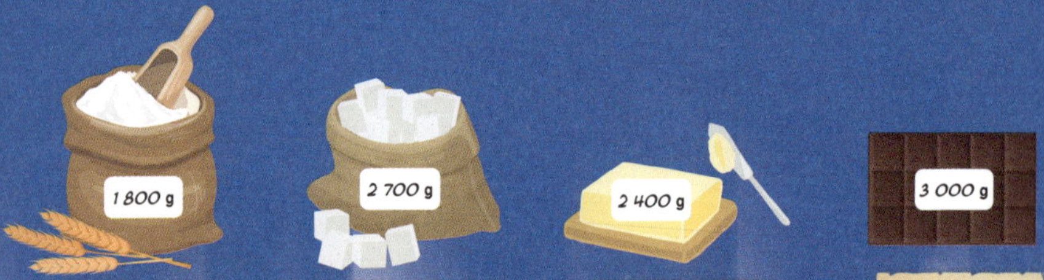

1,8 kg | 27 hg | 240 dag | 3 kg

ÉNIGME 3

La recette mystère P. 33

D'ABORD, TU **MÉLANGERAS** LES ŒUFS ET LE SUCRE AU FOUET. ENSUITE, AVEC UN AMI, VOUS **AJOUTEREZ** LA FARINE, LA LEVURE ET LE BEURRE. PUIS, TON AMI **FERA** FONDRE LE CHOCOLAT. QUAND VOUS **OBTIENDREZ** UN MÉLANGE HOMOGÈNE, TON AMI T'**AIDERA** À VERSER LE TOUT DANS UN MOULE. VOUS **CUIREZ** LA PRÉPARATION PENDANT 45 MINUTES. TU **PRÉPARERAS** UNE CRÈME CHANTILLY POUR DÉCORER LE GÂTEAU. TU LE **SORTIRAS** DU FOUR, PUIS, TOUS LES DEUX, VOUS LE **RECOUVRIREZ** DE CHANTILLY.

Des entrées pour tous P. 34

LÉGUMES	POISSON	LÉGUMES ET VIANDE	LÉGUMES ET POISSON
36	36	108	

Une touche d'originalité P. 35

- 12 CREVETTES
- 11 CONCOMBRE
- 6 BOULETTES
- 2 ASPERGES
- 10 CAVIAR
- 7 BROCHETTES
- 5 BLINIS
- 14 GASPACHO
- 4 AVOCAT
- 15 POIVRONS
- 3 AUBERGINE
- 16 TERRINE
- 9 CARPACCIO
- 1 ACRAS
- 13 GAMBAS
- 8 CABILLAUD

La présentation, ça compte ! P. 36

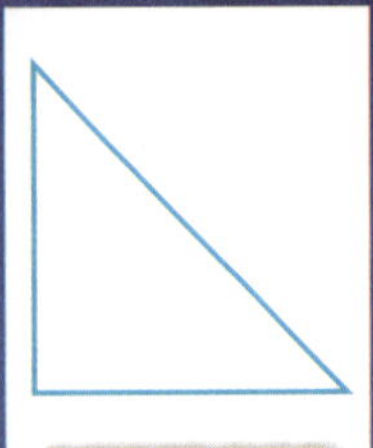

UN TRIANGLE RECTANGLE BLEU

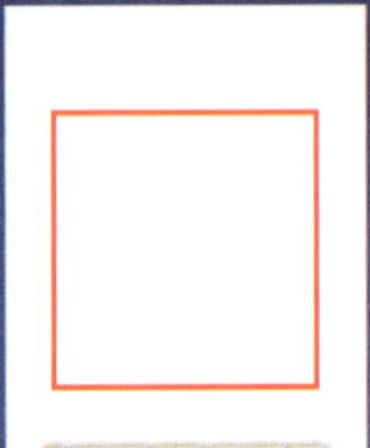

UN CARRÉ ROUGE

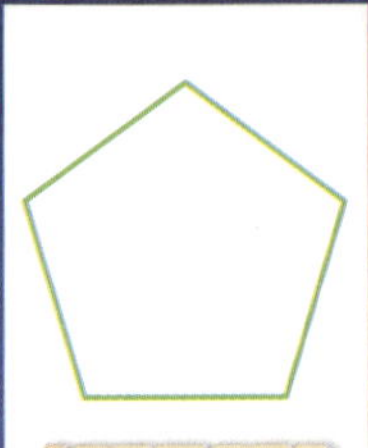

UN PENTAGONE VERT

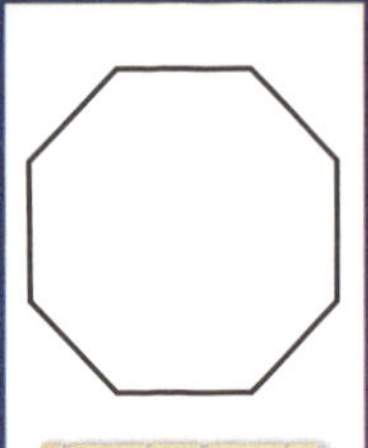

UN HEXAGONE NOIR

Le plat principal P. 37

LA PAGE CONTENANT LA RECETTE DU GIGOT D'AGNEAU EST **IL**LISIBLE.

CE SAUMON MARINÉ EST SI BON QU'IL REND **IM**MORTEL.

LES INVITÉS SERONT **MÉ**CONTENTS DE GOÛTER CE POULET AU CURRY.

CE HACHIS PARMENTIER A L'AIR **IM**MANGEABLE.

CETTE PIZZA SERA EN QUANTITÉ **IL**LIMITÉE

Au gramme près P. 38

243 X 8 = 1 944

569 X 5 = 2 845

3 783 X 7 = 26 481

55 X 20 = 1 100

754 X 10 000 = 7 540 000

290 X 40 = 11 600

ÉNIGME 3

Le temps presse P. 39

5 min (2)

1/2 h = 30 min (5)

1/4 h = 15 min (3)

3 600 s = 60 min (7)

25 min (4)

45 min (6)

180 s = 3 min (1)

4 h = 240 min (10)

2 h = 120 min (8)

180 min (9)

Pour venir à bout de ses dix recettes, Razzia va mettre 723 minutes, soit : 12 heures et 3 minutes.

Soyons précis P. 40

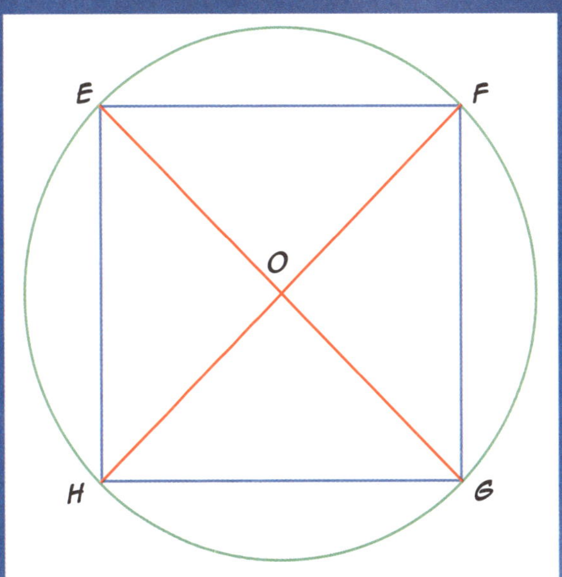

ÉNIGME 3

La table parfaite P. 41

TRACE UN TRIANGLE ÉQUILATÉRAL DE 7 cm DE CÔTÉ.
PUIS, TRACE LES TROIS HAUTEURS DU TRIANGLE.
TRACE ENSUITE UN CERCLE À L'INTÉRIEUR DU TRIANGLE DONT LE CENTRE EST LE POINT D'INTERSECTION DES HAUTEURS.

Drôle de chemin P. 43

ÉNIGME 4

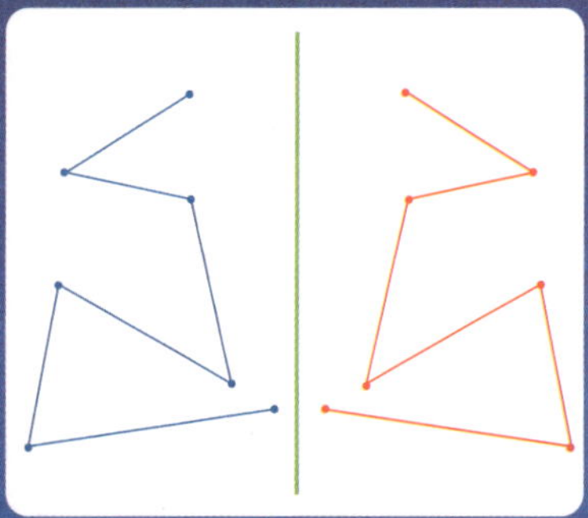

Un choix difficile P. 44

- CHEMIN, ROUTE, VOIX, PASSAGE, VOIE, RUE, ALLÉE

Observe les synonymes

- PERDRAS, ÉGARERAS, OUBLIERAI, OMETTRAS, DÉLAISSERAS, POUSSERAS

Observe les personnes conjuguées

- SE VÊTIR, LA DEMEURE, LA MAISON, SE SUSTENTER, DÉROBER, ÉCHOUER.

Observe les registres de langue

- SORTIT, TOMBAI, PRIS, FILAIS, ENTRA, FIS

Observe les temps des verbes

- PATIENTAS, ENRAGEAT, OBSERVÂTES, ESPÉRÂMES, MANGEAIS, ÉTEIGNIS

Observe les temps des verbes

- J'AI MÉLANGÉ, IL A PU, TU AVAIS VU, J'AI DÛ, ELLE A SU, J'AI LU

Observe les temps des verbes

Là-haut sur la montagne P. 45

3 : 2	68 : 33	123 : 4	77 : 3
17 : 3	96 : 5	59 : 3	66 : 7
69 : 7	210 : 4	245 : 6	48 : 7
95 : 6	87 : 7	123 : 3	80 : 5
101 : 3	51 : 2	254 : 2	51 : 4
99 : 3	51 : 3	98 : 49	58 : 28

Cours, marche ou glisse P. 46

MARCHE	1 km à 6 km/h	Il fait 6 km en 60 min donc 1 km en 10 min.
COURSE	3 km à 12 km/h	Il fait 12 km en 60 min donc 3 km en 15 min.
GLISSADE	4 km à 20 km/h	Il fait 20 km en 60 min donc 4 km en 12 min.

C'est la marche que Gryf doit choisir.

Repérons-nous P. 47

De l'ordre dans les idées P. 48

J'AI GRAVI UNE MONTAGNE ET L'AI
REDESCENDUE POUR VOUS RETROUVER
CETTE FOIS, JE N'AI PAS FAIT DE MAUVAISES
RENCONTRES. MÊME PAS D'INSECTES
GÉANTS. MAIS J'AI TELLEMENT MARCHÉ
QUE JE ME SENS UN PEU FATIGUÉ
RALENTISSEZ LE PAS. ATTENDEZ-MOI !

Des empreintes inconnues P. 49

TYPE D'ANIMAL	NOMBRE D'EMPREINTES	NOMBRE D'ANIMAUX
MAMMIFÈRES	40	10
OISEAUX	24	12
ARAIGNÉES	8	1

Au pas de course P. 50

ABSENCE	DANGER	CIEL
PERTE	PEUR	CÉLESTE
QUITTER	DÉTRESSE	ÉTOILE
ÉLOIGNEMENT	PÉRIL	FIRMAMENT
SÉPARATION	MENACE	SOLEIL

L'intrus est : **fatigue**.

ÉNIGME 4

Le dernier obstacle
P. 51

9,5 > 9,05

42,01 > 41,99

4,40 = 4,4

7,050 < 7,50

2,307 < 2,37

2,150 = 2,15

ÉNIGME 5

L'arbre le plus gros
P. 53

ARBRE 1 : 2,54 m

ARBRE 2 : 0,264 dam = 2,64 m

ARBRE 3 : 251 cm = 2,51 m

ARBRE 4 : 26,41 dm = 2,641 m

ARBRE 5 : 2 622 mm = 2,622 m

ARBRE 6 : 1,987 m

arbre 6 < arbre 3 < arbre 1 < arbre 5 < arbre 2 < arbre 4.

ÉNIGME 5

Les contraires s'attirent P. 54

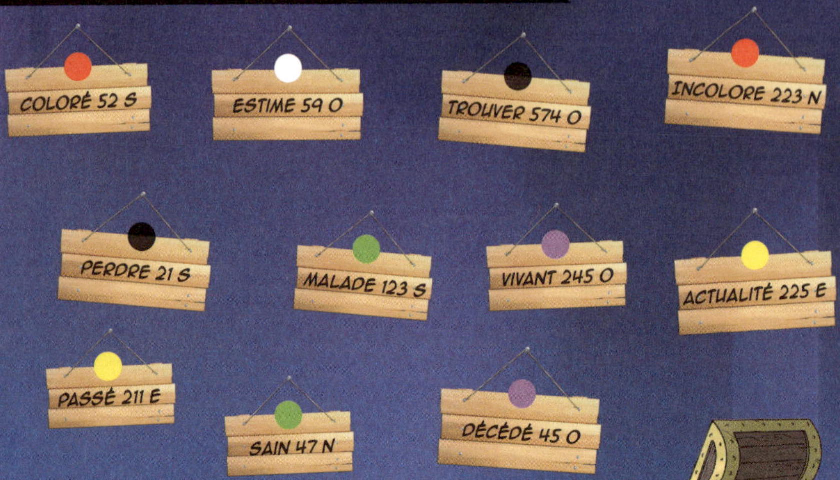

Shimy doit faire **59** pas vers l'**ouest**.

L'arbre à nombres P. 55

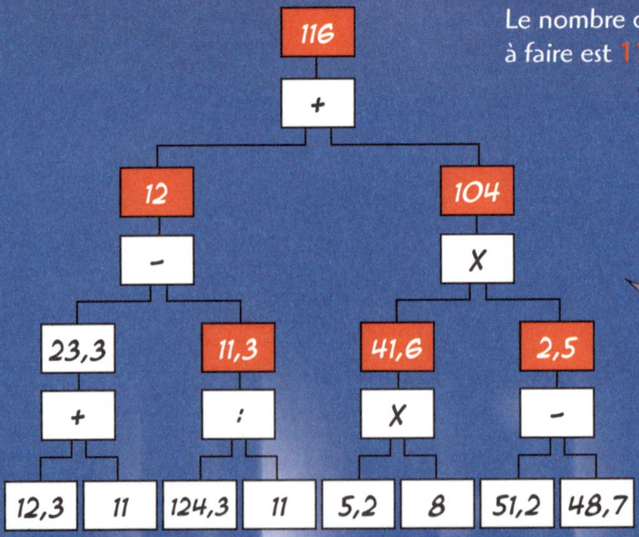

Le nombre de pas à faire est **116**.

La traversée du pont

P. 56

– FAIS-MOI CONFIANCE !
– HIER, JE TE **FAISAIS** TOUTE CONFIANCE, MAIS AUJOURD'HUI, J'**AVOUE** QUE JE NE **SAIS** PLUS. JE ME **MÉFIE** UN PEU. AS-TU DÉJÀ **TRAHI** LA CONFIANCE D'UN AMI ? JE **CROIS** QUE CELA NE T'EST PAS **ARRIVÉ**. ENFIN, J'OSE L'ESPÉRER. EN TOUS CAS, JE NE **REGRETTERAI** PAS DE T'AVOIR **RENCONTRÉ(E)**.

L'ascension

P. 57

4,66	10,3 - 4,8	10,2 - 4,9	10,1 - 4,5	10,4 - 5,4	11,4 - 9,5
5,012	5,024	5,12	5,21	5,0984	5,009
2,8	3,2	10 : 2,5	$\frac{9}{3}$	2,941	$\frac{9}{3}$
0,4 x 3	0,5 x 3	0,3 x 4	0,25 x 2	0,11 x 12	0,01 x 9
0,99 + 0,1	1,175	1,06	0,88	0,930	1,38
1,64	1,05	1,054	1,023	1,004	1,25
			Départ 1		

Peintures rupestres

P. 58

	C	H	I	M	P	A	N	Z	É	S		L
C	H	A	T		O	N		E	P		C	A
H	A			C	R	E		B	E	N	H	P
A	T		P	O	C	C		R	R	G	A	I
T	O		O	Q		O		E	V	E	T	N
H	N	O	U	N	N	Q	Ê	T	I	E	T	É
C	O	U	L	E	U	V	R	E	E	P	I	E
R	A	T	É	L	A	N			R	B	O	A

Le mot qui apparaît est : honnêteté.

ÉNIGME
5

Enfin à l'air libre ! *P. 59*

En sortant de la caverne, Shimy se demande si sa quête va se terminer bientôt. Ce n'est pas dans ses habitudes, mais elle a presque envie de renoncer. Rien n'y fait, elle ne pense qu'à retrouver ses amis.

Elle décide de suivre le sentier qui passe à travers champs. Mais cette fois, elle espère réellement qu'une belle surprise l'attend.

Quand elle arrive devant un manoir magnifique, elle décide de le visiter, sans même savoir à qui il appartient ! Elle entre, en regrettant un peu que ses amis ne soient pas là.

Le motif multicolore *P. 60*

La figure contient 6 cercles et 5 triangles.

La clé de l'énigme *P. 61*

- Dans la clairière (p. 54), quel était le seul mot sans antonyme ? Dans la clairière, le mot sans antonyme était : ESTIME.
- Quel mot se retrouvait dans plusieurs phrases durant la traversée du pont (p. 56) ? Le mot présent plusieurs fois durant la traversée du pont est : CONFIANCE.
- Quel mot Shimy a-t-elle lu en haut de la paroi (p. 57) ? En haut de la paroi, Shimy a lu le mot BIENVEILLANCE.
- Quel mot l'elfe a-t-elle trouvé dans la caverne (p. 58) ? Dans la caverne, l'elfe a trouvé le mot HONNÊTETÉ.

Le mot-mystère est : AMITIÉ.